AF345791

Über das Buch:

Es ist nicht schwer, in die Wüste einzutreten, wenn man bereit ist, sich auf das Abenteuer Wüste einzulassen. Zunächst geht es darum, mit den äußeren Widrigkeiten der Wüste, mit den Entbehrungen, die eine solche Reise mit sich bringt, umzugehen lernen. Dann erst ist man bereit, den Wüsten in seinem Inneren zu begegnen. Diese Wüsten zu durchwandern und zu bestehen ist das eigentliche Abenteuer und die eigentliche Herausforderung. Zehn Reisende lassen sich auf dieses Abenteuer ein. Wir begleiten sie auf ihrem Weg durch die Wüste(n).

Zur Autorin:

Nadja Neubauer, 1989 in Nürnberg geboren, hat in Erlangen Theater- und Medienwissenschaften und Soziologie, in Bamberg Kommunikationswissenschaft studiert. Nach einem journalistischen Volontariat beim Radio ist sie als Moderatorin und Redakteurin tätig.

Kleine Wüstenphilosophie
In zwölf Lektionen

Nadja Neubauer

Bibliografische Information der Deutschen Nationalbibliothek: Die Deutsche Nationalbibliothek verzeichnet diese Publikation in der Deutschen Nationalbibliografie; detaillierte bibliografische Daten sind im Internet über dnb.dnb.de abrufbar.

Verlag: Nadja Neubauer, Germering, 2023
Herstellung und Verlag: BoD – Books on Demand, Norderstedt

ISBN: 9783757892418

Dieses Buch ist für alle, die schon einmal Wüsten durchwandert haben, und für uns alle, die wir unsere Wüsten täglich bestehen.

Inhaltsverzeichnis

Lektion 1: Vom Schauen der Wüste

Vom Schauen der Wüste

Sie standen da und schauten. Zehn Köpfe standen in einer Reihe nebeneinander und blickten in die Ferne. Von oben betrachtet sah das Ensemble aus wie eine geknüpfte Perlenkette, die jemand hier mitten im Nirgendwo verloren hatte. Der eine ließ ein erstauntes *Oh* hören, der andere ein verzücktes *Ohhh*, und von wieder einem anderen war ein ganz fasziniertes *Oooh* zu vernehmen. Der Anblick, der sich ihnen in der Ferne bot, ließ auch keinen Raum für mehr Buchstaben geschweige denn Worte. Ein *Oh* oder *Ohhh* oder auch *Oooh* sagte alles, und stand für das pure Entzücken des Augenblicks. Fast schon entrückt waren die Köpfe in ihre je eigene Mischung aus Verzückung, Faszination und Staunen, der Blick in die Ferne gerichtet. Folgte der Beobachter diesem Blick, so fühlte auch er sich zu einem *Oh*, *Oooh* oder *Ohhh* hingerissen. Vielleicht blieb es aber auch bei einem *O*, weil selbst das stumme H zu viel gesagt schien. Die Schönheit des Anblicks lag ganz im Schauen, wohingegen Worte seine Größe zunichtemachten. Hatte man das erkannt, so blieb einem nichts mehr, als sich ebenso in die Reihe schauender Köpfe einzuordnen und sich in das Geschaute gänzlich zu entrücken.

Plötzlich kam Bewegung in die Kette. Ein Kopf nach dem anderen drehte sich nach links in die

Richtung, aus der die Stimme kam, die sie weg vom Augenblick jeglichen Entrückt-seins zurück ins Dasein holte.

„Das ist nur ein Vorgeschmack dessen, was wir alle gemeinsam in den kommenden Tagen erleben werden! Die Realität der Wüste."

Unter den Köpfen machte sich zustimmendes, ungeduldiges, vorfreudiges Gemurmel breit. Die Realität der Wüste. Deshalb waren sie alle hier, um sich in diese andere Realität zu entrücken, fernab ihrer gewohnten Routinen und alltäglichen Gewohnheiten. Sie wollten die Banalität des normal Gewordenen für eine gewisse Zeit in das Außergewöhnliche des Unbekannten eintauschen in der Hoffnung, dass die Normalität bei Rückkehr aus diesem Abenteuer für sie wieder zu etwas Besonderem werden würde.

Die zehn Köpfe standen in einer Reihe nebeneinander und blickten erneut in die Ferne. Zukunftsmusik plätscherte irgendwo leise monoton dahin, und war so schnell vorbeigezogen wie sie gekommen war. Hier und jetzt zählte nur dieser Anblick, in dem sich jeder Gedanke im Augenblick verlor. Hier und jetzt waren sie zehn Köpfe in der Wüste, die bereit waren, sich auf ein Abenteuer einzulassen, das schon begonnen hatte, als sie die Wüste in Gedanken zugelassen hatten. Hier vor ihren Füßen war sie real. Eine Realität, die jegliche Erwartungen

sprengte, ins Unendliche dehnte, ins Nichts auf-
löste. Die Größe, Fülle und Schönheit der Wüste
war das erste, das sie sahen, bis sie nur noch schauen
konnten.

Warum schauten sie die Wüste? Zehn Köpfe waren innerlich leer geworden. Sie waren ausgebrannt.
Hätte man sie einzeln befragt, so hätte jeder der
zehn von sich gesagt, dass er nicht mehr wusste, was
sein Leben lebenswert machte. Was machte es für
einen Sinn, sich tagein tagaus aufzureiben? Wofür?
Das Leben war wüst geworden, leer, öd. Also suchte
man die Konfrontation mit der Wüstenrealität. Denn
die Realität der Wüste, das sahen sie auf den ersten
Blick, war weder wüst noch leer noch öd. So standen die zehn Köpfe und schauten und staunten über
den Anblick, der sich ihnen bot.

„Dann macht euch mal bereit, einzutreten."

Lektion 2: Vom Eintreten in die Wüste

Vom Eintreten in die Wüste

Zehn Köpfe blickten gespannt. Einer nach dem anderen löste langsam den Blick und setzte sich in Bewegung. Schon wuselte es aufgeregt, denn es galt die Rucksäcke zu satteln. Wer zu viel gepackt hatte, spürte das Gewicht bald auf den Schultern, und ahnte schon jetzt, dass die Last des Lebens der Wüste die Leichtigkeit nahm. Verstohlene Blicke auf das leichtere Gepäck der anderen stimmten verdrießlich. Es war zu spät, um seine Habseligkeiten noch einmal auf das Nötigste hin zu überprüfen.

„Na, wer wird denn hier missmutig sein? Aufgesetzt und los geht's!"

Sie hatten sich die Wüste als ein totes Gebilde vorgestellt, als etwas, das Leben aussaugte. Doch die Wüste war der Ort, der Leben gab. Das spürten sie bereits mit dem ersten Atemzug der Wüstenluft. Die Wüste war der Ort, der nichts erwarten ließ, weil jede Erwartung im Moment überflüssig war. Schauen und Atmen. Mehr brauchte der Moment zum Leben nicht. Wer Überflüssiges Streicht Tritt Ein. Die Wüste war ein Akronym, ein Akronym für das, was wirklich zählte. Ihre Rucksäcke spiegelten es sichtbar wider. Was brauchte der Mensch zum Überleben? Was brauchte er zum Leben? Sie waren hier, um dieser Frage nachzugehen. Denn sie hatten die schmerzliche Erfahrung gemacht, dass das Leben, so wie sie es lebten, aussaugte und auf Dauer erschöpfte. Deshalb hatten sie dem Rat, so gut es ging, folgen wollen: Ab jetzt nur noch leichtes Gepäck! *Also nimmst du den Ballast und schmeißt ihn weg. Denn es lebt sich besser - so viel besser - mit leichtem Gepäck.* Das Lied von *Silbermond* erzählte von dem Gefühl, das alle zehn hatten, als sie neuerlich in einer Reihe standen, dieses Mal mit ihrem Gepäck, das je leichter, desto angenehmer zu tragen war.

Sie standen am Straßenrand einer Wüstenpiste, hinter sich die Jeeps, die sie mit samt Gepäck hierher gebracht und abgeladen hatten, vor sich eine weite Ebene aus Sand, Gestrüpp, Steinen. Der Horizont war gesäumt von kleineren und größeren Felsen. Die Piste war wie eine Demarkationslinie: Auf der einen Seite waren sie, auf der anderen das unbekannte Land, das sie gleich betreten würden. Ihre Schuhe berührten schon den ersten Sand der Wüste. Würden sie freundlich oder feindlich aufgenommen? Wohin führte ihr Aufbruch ins Unbekannte?

„Ich hoffe, ihr seid bereit für euer Wüstenabenteuer! Die Wüste wird euch körperlich nichts schenken, sie wird euch im Gegenteil einiges abverlangen. Aber wenn ihr sie richtig verstehen lernt, und bereit seid, euch einzulassen, werdet ihr geistig als reich Beschenkte zurückkommen!“

Die letzte Motivationsspritze, ein Blick nach links und nach rechts, zustimmendes Nicken hier, ein vorfreudiges Grinsen dort, die Anweisung war klar, die Ausführung abzuwarten. Es folgten noch ein paar praktisch-nützliche Tipps, die sie zum wiederholten Male hörten. Doch *repetitio est mater studiorum*!

Die Köpfe rollten unter der sengenden Sonne hin und her. Ungeduld machte sich breit, das Zuhören fiel schwerer, die Füße wollten losmarschieren und das Überflüssige endlich hinter sich lassen. Die Wüste. Keiner von ihnen hatte sich vor diesem Abenteuer Gedanken über die Wüste gemacht. Jetzt am staubigen Straßenrand stehend und zuhörend schweiften sie unweigerlich hinter die Demarkationslinie ab, dorthin, wo die Überflüssigkeit keinen Platz hatte, dorthin, wo das Wesentliche zählte. Jeder war mit seinen Gedanken längst in der Wüste angekommen, als endlich der Marschbefehl kam.

„Die Wüste wartet. Gehen wir."

Lektion 3: Vom Gehen in der Wüste

Vom Gehen in der Wüste

Wenn der Beobachter dieses Mal aus seiner Vogelperspektive auf die Gruppe in der Wüste herabschaute, zeigte sich ihm ein anderes Bild: Die geknüpfte Perlenkette war einer Raupe gewichen, die sich Glied für Glied langsam über Stock und Stein vorwärts bewegte.

Das war die nächste Lektion, die sie lernten: hintereinander zu gehen, nicht nebeneinander, nicht durcheinander, sondern einer nach dem anderen.

Sie hatten die Piste mit den Jeeps hinter sich gelassen und waren eingetreten. Anfangs liefen sie noch als Knäuel, weil dieser mit jenem und jener mit diesem ins Gespräch kommen wollte, sich austauschen oder einfach nur aus Höflichkeit oder Aufregung ein paar Worte wechseln wollte. Schließlich waren sie die nächste Zeit als Gruppe unterwegs. Sich zu beschnuppern, schadete da nicht, und Redebedarf hatte jeder der zehn genug mit im Gepäck. Eine Last, von der man so schnell wie möglich noch so viel wie möglich loswerden wollte, ehe die Tage an den Nerven zehrten und die Unterhaltungen mühsamer wurden. So war das Gehen zunächst von viel Stimmengewirr begleitet. Die Worte purzelten nur so durcheinander, sodass ein Außenstehender nicht wusste, wohin er seine Aufmerksamkeit zuerst richten sollte, bis ein alle anderen Reize übertönender Reiz das Durcheinander beendete.

„Stopp! Wir konzentrieren uns ab jetzt auf den Weg. Jeder für sich! Wir gehen ab jetzt hintereinander und schweigen. Wir sind in die Wüste eingetreten, lassen wir die Wüste einmal wirken."

Die Ansage war unmissverständlich. Die Betonung lag auf den Wörtern „schweigen" und „wirken". Die Stimmen wurden leiser, die Gespräche erstarben. So löste sich das Knäuel und einer nach dem anderen fand seinen Platz in neuer Formation. Die Raupe setzte sich langsam in Bewegung.

Hier in der Wüste stand die Zeit still. Keiner von ihnen hatte eine Uhr, Handys waren ebenso verboten. Strikte Anweisung. *Digital Desert Detoxing*: Die Wüste würde sie entgiften. Hast und Eile aufgrund des Irrglaubens, die Zeit würde ihnen davonrennen, wenn sie nicht schnell genug hinterherkamen, waren hier nicht geboten. Zeit und Raum schienen endlos, wurden plötzlich zu dehnbaren Begriffen. Nur die Gestirne am Firmament deuteten darauf hin, dass die Welt sich weiterdrehte, auch ohne den ständigen Blick aufs Smartphone. Ihre Blicke beim Gehen waren frei. Schaute man nach unten, sah man fremde Füße in festem Schuhwerk, die vor einem Spuren im Sand hinterließen. Sah man nach vorne, bemerkte man den fremden Rücken, der beim Gehen mal mehr, mal weniger unter der Last des Rucksacks buckelte. Zur Seite öffnete sich der Blick in die schier endlose Weite der Wüste.

Wo sie sich sonst den Weg durch den Alltag selbst suchen mussten und manches Mal gescheitert waren, war es ihnen jetzt tröstlich, sich in die vorgegebene Wegweisung fallen lassen zu können und Schritt für Schritt zu folgen. Zehn Köpfe gingen gemeinsam vorwärts. Für alle zehn bedeutete Gehen Fortschritt. Schnell zu gehen, ließ sie schnell vorankommen. Warum sollten sie langsam gehen und ihre begrenzte Zeit mit dem Gehen von A nach B verbringen, wenn es bei Fortschritt doch um das Ankommen, um das Erreichen eines Ziels ging? Hier in der Wüste gab es für sie kein konkretes Ziel. Der Weg war das Ziel. Eine neue Erfahrung für sie alle, und noch etwas, das die Reisenden gemeinsam hatten.

Lektion 4: Von der Wüstengemeinschaft

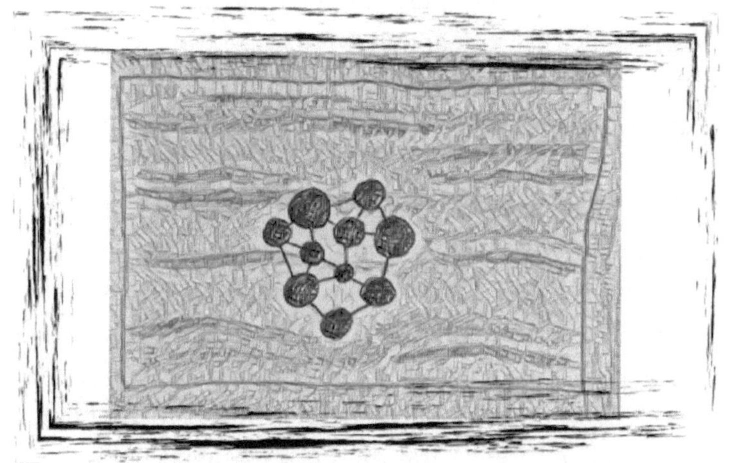

Von der Wüstengemeinschaft

Es war merkwürdig, zu beobachten, wie schnell aus zehn einzelnen Köpfen eine Gemeinschaft von Köpfen wurde. Je weiter sie in die Wüste vordrangen, desto mehr wuchsen sie zusammen. Sie wurden zum Wüstenkonglomerat.

Ihre Alltagsrollen fielen von ihnen ab wie Schuppen. In der Wüste konnten sie sich ganz neu erfinden. Erst allmählich würde austariert werden, wer welche Rolle in der Gruppe übernahm. Denn ganz ohne orientierungsgebende Selbstverortung ging es auch in ihrer Wüstengemeinschaft nicht. Auf Dauer war es gut zu wissen, wo man in der Gruppe stand. Schon beim Formatieren in Reihe hatten sich die Persönlichkeiten der Köpfe anhand der Plätze, die sie in der Reihe einnahmen, ein wenig abgezeichnet. Wer ging ganz vorne, wer ganz hinten, wer wollte lieber in der Mitte gehen? Und beim Gehen selbst trat die Persönlichkeit noch offensichtlicher zutage. Wer konnte sich dem langsamen Schritt gut anpassen, wer wurde schnell ungeduldig, wer wollte lieber aus der Reihe tanzen? Ihre unterschiedlichen Persönlichkeiten fügten sich in dieses Miteinander, formten ihre Gemeinschaft.

Jeder hatte seinen eigenen Kopf und doch hatten sie einiges gemeinsam. Warum hatten sie die Wüstengemeinschaft gesucht? Die größte Armut des

Westens ist die Einsamkeit, hatte Mutter Teresa einmal festgestellt, und die reichen weißen Europäer zutiefst ob ihres Hungers nach Liebe und Annahme, den kein Geld der Welt stillen konnte, bedauert. Gegen Einsamkeit, gegen die innere Leere war kein Kraut gewachsen, dagegen half keine Schüssel Reis.

Warum flüchteten sie alle in die digitale Welt, knüpften virtuelle Freundschaften, die doch nicht befriedigten, weil das Zugehörigkeitsgefühl ohne realen Kontakt, ohne echte greifbare berührbare Zugehörigkeit, doch nur ein diffuses Gefühl blieb? Warum diese stete Suche nach Befriedigung im Netz, wenn sie doch keinen Frieden fanden? Alle zehn hatten mindestens einen Account bei mindestens einem sozialen Netzwerk, um hier und dort Kontakte zu knüpfen, Follower zu mehren und „Freundschaften" zu pflegen. Warum waren sie so *social media addicted*? Beruflich waren sie ausgepowert, privat süchtig nach Dopamin. Sie waren hochgradig abhängig. Jedes Like belohnte sie mit einem Glücksgefühl. Doch kein Like verschaffte echte Befriedigung. Sie suchten den Frieden, echten Frieden, und so waren sie in die Wüste gekommen, weil die Wüste keine Süchte duldete. Mit Eintreten in die Wüste gab es keine digitalen Daumenhochs und Herzchen mehr. Es gab nur noch analoge Follower, reale Beziehungen, die Gegenseitigkeit erforderten, etwas, das manch einer von ihnen fast schon verlernt hatte. Ich und Du waren Teil derselben Wüstengemeinschaft, ein abgesteckter Rahmen, der es gerade deshalb erlaubte, den eigenen Horizont zu erweitern und statt ihn auf das Ich zu begrenzen, auf das Du hin zu öffnen. Ohne zu überfordern, forderte die Wüste sie aus der Einsamkeit der westlichen Welt heraus.

Wo durften sie noch einfach sein? Sie selbst sein? Wesen sein, Person sein, ohne auf ihre Funktionalität begrenzt zu werden? In der Wüste gab es keinen Druck von außen. Es gab nur die einen und die anderen, miteinander unterwegs im Wüstensand.

Lektion 5: Vom Wüstensand

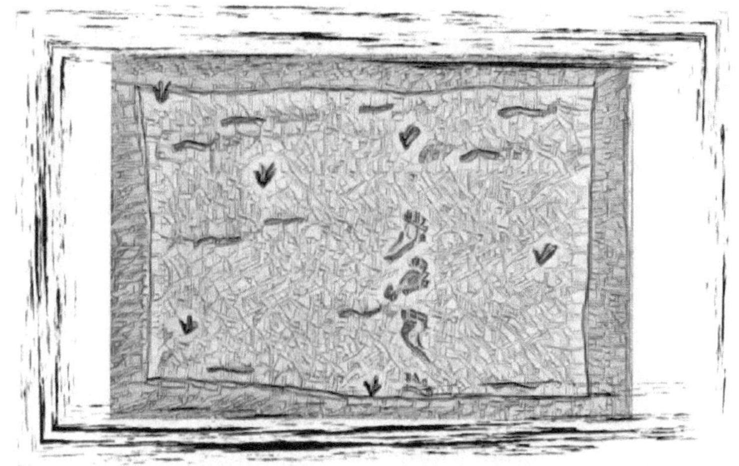

Vom Wüstensand

Beim Gehen durch den Wüstensand waren sie bei sich selbst und konnten sie selbst sein. Und sie waren beim anderen und konnten über den anderen staunen. Sie staunten über sich und die anderen. Und sie staunten darüber, dass sie noch staunen konnten. Die Wüste versetzte sie in Staunen, weil sie, raus aus dem Hamsterrad, endlich Zeit hatten, sich mit den großen Fragen des Lebens zu beschäftigen, und mit den kleinen. Denn auch und vor allem staunten sie über den Sand.

Wie viel Milliarden Sandkörner die Wüste wohl zählte? Diese Frage gehörte nicht zu den existenziellen Fragen, die sie umtrieben, aber zu den Fragen, die sich unweigerlich aufdrängten, wenn man die Wüste staunend durchquerte. Wie kam der ganze Sand auf dieses weite Fleckchen Erde?

Sie gingen mit ihren Wanderstiefeln durch den Sand und spürten folglich die einzelnen Sandkörner nicht, aber jeder von ihnen war schon einmal am Meer gewesen und war dort barfuß durch den Sand gelaufen. Sie wussten, wie sich der Sand unter ihren Schuhsohlen anfühlen musste. Die Freiheit der Wüste ließ den Gedanken Raum für SAND:

„Wann habe ich das letzte Mal Sand unter meinen Füßen gespürt? Das muss schon Ewigkeiten her sein. Als ich das letzte Mal am Meer war, habe ich die Hotelanlage kaum verlassen. In der Arbeit war die Hölle los, und ich hatte ein schlechtes Gewissen, meine Kollegen und meinen Chef im Stich zu lassen. Zum Glück gab es auch im Poolbereich WLAN. Ich wünschte, ich hätte mir die Zeit genommen, barfuß den Strand entlangzugehen."

„Ganz schön mühsam das Gehen. Ich sinke bei jedem Schritt ein. Und dann die heiße Luft. Ob die anderen auch so schwitzen? Der Rucksack vor mir sieht so klein aus. Der ist bestimmt leichter als meiner. Hätte ich auch weniger Gepäck zu tragen, würde ich jetzt vielleicht leichter gehen. Und wenn ich die Füße anders aufsetze? Vielleicht gibt es einen Trick, wie ich mit den Schuhen weniger tief einsinke? Dem vor mir scheint das Laufen nicht so schwer zu fallen. Ich könnte versuchen, in seine Abdrücke zu treten, wenn sie nur nicht gleich wieder zuschütten würden. Sand ist eben nicht wie Schnee. Der lässt sich nicht festtreten. Wie weit es wohl noch ist?"

„Die Dünen da vorne sehen richtig hoch aus. Da würde ich gerne mal runterrennen. Das macht bestimmt irrsinnig Spaß. Einmal wieder Kind sein dürfen! Vielleicht gehen wir ja in Richtung Dünen."

„Ob es hier wohl Treibsand gibt? Ein riesiger Strudel, der sich plötzlich auftut und uns verschlingt, einen nach dem anderen. Es muss furchtbar sein, im Sand zu ersticken. Der ganze Mund voller Sand. Wie damals, als ich als Kind in den Sandkasten gefallen bin. Ich habe geschrien wie am Spieß. Hier in der Wüste würde uns niemand schreien hören. Würde mich zu Hause jemand vermissen?"

„Ich dachte immer, Wüstensand sei gelb. Was ist das bloß für eine Farbe? Ist das wirklich Wüste hier? Irgendwie habe ich mir die Wüste anders vorgestellt."

„Die Wüste lebt! Ich hätte nicht gedacht, dass es hier Blumen gibt! Schade, dass meine Liebsten nicht da sind und sehen, was ich sehe: Sandblumen. Sie hätten bestimmt genau wie ich ihre Freude an diesem Anblick. Wann habe ich mir eigentlich das letzte Mal richtig Zeit für sie genommen?"

SAND genug hatten sie hier. Zeit war das, was ihnen fehlte, Zeit für die wichtigen Dinge im Leben. Doch die Zeit für den anderen würden sie sich unweigerlich nehmen müssen. Sie waren eine Wüstengemeinschaft, und die Wüste ab jetzt ihr gemeinsamer Alltag.

Lektion 6: Vom Alltag der Wüste

Vom Alltag der Wüste

„Halt! Wir machen Pause."

Pause vom Gehen, Pause vom Denken, Pause vom Staunen. Ihr erster Halt mitten im Nirgendwo. Erleichtertes Aufatmen, Stöhnen, Gemurmel. Das Schweigen war gebrochen.

„Wir sind doch erst losgelaufen. Jetzt schon Pause?"

„Hast du noch nicht genug?"

„Ich glaube, ich habe Sand im Schuh. Hoffentlich noch keine Blase."

„Ich habe Blasenpflaster im Rucksack, wenn du brauchst."

„Ich muss erst mal mein Shirt wechseln, Sonnencreme wäre auch nicht schlecht."

„Hab ich einen Durst!"

„Hier ist Wasser für alle! Nehmt euch. Ich hoffe, jeder von euch hat die Zeit genutzt, sich mit der Wüste schon etwas vertraut zu machen. Sicherlich gehen euch viele Dinge durch den Kopf. Lasst die Gedanken kommen und wieder weiterziehen. Ihr werdet merken, wie ihr euch in der Wüste an das Lassen gewöhnt. Jetzt noch ein paar notwendige banale Erklärungen zum Wüstenalltag, weil ich die ersten schon verstohlen Richtung Büsche blicken sehe. Wie ihr festgestellt habt, haben wir hier keine Toilette. Die Wüste ist in den kommenden Tagen unser stilles Örtchen. Ihr alle habt Feuerzeug und Toilettenpapier dabei. Beides genügt für den Toilettengang. Und an die Damen gerichtet: Sämtliche Hygieneartikel bitte in die mitgebrachten Beutel entsorgen. Gerade an unseren Lagerplätzen solltet ihr eure Notdurft gut verbrennen, es sei denn ihr wollt Tiere anlocken. Ich hoffe, ihr habt eure Stirnlampen dabei. Nachts wird's ziemlich finster. Und weil ich jetzt die ersten entsetzten Gesichter sehe: Keine Sorge, ihr werdet lernen, dem Komfort zu entsagen. Die Wüste ist die beste Lehrmeisterin, glaubt mir. Wir nehmen uns, was sie uns gibt. Mehr brauchen wir hier draußen nicht. Der Sand z.B. ist das beste Spülmittel, das ich kenne. Wer sein Geschirr mit Wasser spült, wird von mir eigenhändig einen Kopf kürzer gemacht. Merkt euch: Das mitgebrachte Wasser ist hier weder zum Waschen noch zum Putzen da. Euer Flüssigkeitshaushalt wird ausreichend aus dem Gleichgewicht geraten, da werdet ihr froh um jeden Tropfen sein. Und weil wir keine Kamele sind, sage ich's noch mal deutlich: spart euch das Wasser zum Trinken, es gibt hier draußen keine Wassertankstelle."

Das stille Örtchen erfüllte sich mit leisem Kichern. Köpfe, die vor Sonne und Hitze rot geworden waren, wurden nach dieser Ansage noch ein wenig röter. Hinter vorgehaltener Hand schämten sich zehn Köpfe für ihre Komfortbedürftigkeit und fragten sich, ob man ihnen ansah, dass sie erfolgreiche *business people* waren, denen der Erfolg erst zu Kopf gestiegen und inzwischen schon lange über den Kopf gewachsen war. Jetzt saßen sie hier im Wüstensand, um fernab jeglichen Erfolgs den Kopf wieder mit den wichtigen Dingen im Leben zu füllen.

Sie fragten sich, ob die Wüste eine Rückkehr in das alte Leben duldete. Konnte der Wüstenalltag einen um 180° drehen? Eine leise Ahnung beschlich sie, dass eine solche Umdrehung, eine solche Wandlung hier draußen möglich war. Vielleicht war es keine Rückkehr nach Hause, sondern eine Umkehr. Als sie später am Abend in ihrem Lager die Rucksäcke absetzten und ihre Schlafplätze herrichteten, staunten sie wieder über das, was sie erlebt hatten, und begriffen, dass genauso wie der Sand und die Entbehrungen auch das Staunen über die Schönheit der Wüste und ihre eigene Nichtigkeit zum Wüstenalltag dazugehörten.

Lektion 7: Von Wüstennächten unter Sternen

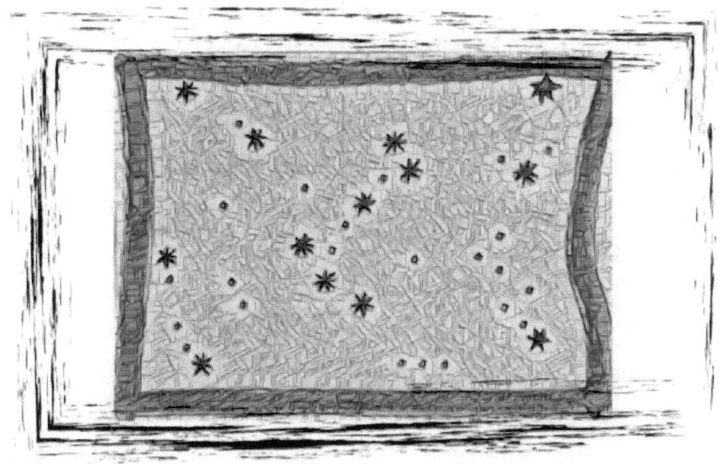

Von Wüstennächten unter Sternen

Der Alltag der Wüste war über sie hereingebrochen und das Staunen für kurze Zeit vergessen, sobald sich triviale menschliche Bedürfnisse in den Vordergrund drängten. Am Ende des Tages war eines dieser Bedürfnisse der Schlaf.

Die Ankunft im Nachtlager und das Beziehen ihrer Schlafstätten war für alle ein ersehntes Etappenziel auf dieser Reise. Zehn Köpfe hatten sich in ihre Schlafsäcke verkrochen. Weil Wüstennächte kalt werden konnten, lugten aus den meisten Mumienschläuchen Mützen hervor. Und wer meinte, ganz praktisch unterwegs sein zu wollen, hatte für den Fall, dass er nachts hinter die Büsche musste, gleich die Socken anbehalten. Keiner der zehn würde sich als Explorer bezeichnen. Der eine hatte im Laufe seines Lebens mehr, der andere weniger Outdoorerfahrung gesammelt. Sie alle waren das erste Mal in der Wüste unterwegs. Sie alle schliefen das erste Mal unter freiem Wüstenhimmel, und sie alle staunten zum wiederholten Mal, aber das erste Mal über die Sterne hoch über ihren Köpfen.

Hatten sie daheim jemals einen solchen Sternenhimmel gesehen? Die künstlichen Lichter der Menschen ließen keinen Raum für Schönheit. Umso größer, weiter und schöner erschien ihnen der Sternenhimmel der Wüste. Unzählige Sterne leuchteten für sie als kleine Kristalle vor nachtschwarzem Samt. Sie träumten in ihre Mumienschlafsäcke gehüllt unter einem Meer aus Sternen.

Träume waren schon merkwürdig. Waren sie wirklich nur eine Restaktivität des Gehirns, dessen Synapsen im Schlaf willkürlich feuerten und so Bilder entstehen ließen, die irgendwo einmal abgespeichert worden waren? Hatten die Bilder vielleicht eine tiefere Bedeutung, waren nicht bloß reiner Zufall? Träumten sie vom Fliegen, vom Fallen, vom Weglaufen, von konkreten Geschehnissen, oder war alles doch nur Fantasie? Während der eine den Schlaf der Gerechten schlief, war aus einer anderen Ecke im Sand leises Schnarchen zu hören, und wieder anderswo wälzte sich einer unruhig hin und her, weil die Erlebnisse des Tages ihn keinen Schlaf finden ließen, und folglich auch keine Träume. Die Gedanken kamen und blieben unter dem Sternenzelt.

Sie waren doch alle nur Puzzleteile in einem großen Ganzen. Was war dieses große Ganze? Die Welt? Der Kosmos, in dem sie sich bewegten? Das Weltengeschehen? Das Wirken der Welt? Und wenn sie da waren, wer hielt die Teile zusammen? Da waren so viele Sterne am Himmel, zahlreicher als die Menschen hier auf der Erde. Woher kamen die Sterne? Woher die Menschen? So wurde aus dem Betrachten der Sterne im Laufe der Wüstennächte ein monologisches Frage- und Antwortspiel, bei dem der eine sich mehr fragte, als Antworten hatte, während der andere meinte, die eine große Antwort auf die Frage nach dem Sinn des Daseins gefunden zu haben.

Jeder war da an seinem Platz im Sand. Und alle waren sie doch zu sehr um sich selbst kreisende Köpfe, die vieles verstanden, aber im Herzen doch nur ahnten, was sie tatsächlich hielt. Die Wüste war der Raum des Suchens und Findens, der Raum für Fragen und Antworten. Unter dem Sternenhimmel der Wüste fanden sie sich selbst, weil es – bis auf die leisen Schnarcher – so still war in diesen Wüstennächten, dass sie nichts von sich selbst ablenken konnte. In den Nächten waren sie mehr als noch am Tag mit sich selbst konfrontiert.

Lektion 8: Vom Hören der Stille

Vom Hören der Stille

Die Stille der Wüste brachte sie noch einmal zurück zum Schauen der Wüste. Das Schauen hatte etwas Kontemplatives, etwas Betrachtendes. Sie betrachteten, was sie schauten, bis sie transzendent wurden, in der Wirklichkeit der Wüste aus sich heraustraten und selbst zu dieser Wirklichkeit wurden. Die Wüste war der Ort, an dem sich jeder um der Wirklichkeit willen selbst vergaß.

Zehn Köpfe sind in die Wüste gereist, um fernab jeglicher Zivilisation den Alltag hinter sich zu lassen und das Hamsterrad zum Stillstand zu bringen, das sich tagein, tagaus im immer selben Rhythmus drehte. Sie waren hier, um sich zu erlauben, einmal genauer hinzuhören, in sich selbst hinein. In ihrer lauten Alltagswelt war kein Raum für derartiges Hören, weil alle Geräusche die leise Stimme in ihrem Inneren verdrängten, permanent ablenkten, bis die Stimme in Vergessenheit geriet. In der Wüste gab es keine Geräusche. Die Wüste war der Ort der Stille. Wer die Wüste hören wollte, hörte in die Stille hinein. Gerade dort, in der Stille der Wüste, hörte er mehr als auf dem lautesten Rummelplatz. Er hörte sich selbst und über sich selbst hinaus die ganze Wirklichkeit des Seins.

Für den ein oder anderen war dieses Erlebnis das Schlimmste der Wüstenerfahrung, schlimmer noch als der fehlende Komfort und die Abstriche in der Hygiene, und viel schlimmer noch als der Sand, der überall in allen Ecken und Winkeln, Ritzen und Spalten war, der sie bis in ihre Träume verfolgte, weil er sich selbst beim Schlafen nicht gänzlich abschütteln ließ. Die Konfrontation mit der eigenen Wirklichkeit, dem eigenen Bewusstsein und der darüber hinaus weitaus größeren Wirklichkeit des Seins überhaupt erschreckte, erschütterte zutiefst. Was beim Schauen und Hören in der Stille passierte, überstieg ihre je eigenen Grenzen, entzog sich ihren reellen Möglichkeiten.

In zehn Köpfen war es in einer sternklaren Nacht still geworden. Die große Stille der Wüste, vielleicht aber auch ihre stille Größe, die alles Denken übersteigt, lullte sie ein.

Die Liebe drängt den Geist zum Schauen. In der Stille und Einsamkeit der Wüste wird ein Schauen der Wahrheit möglich. Jeder schaute seine persönliche Wahrheit, trat ihr gegenüber und aus sich heraus. Die Wahrheit, die jeder für sich schaute, wurde in der Stille und Einsamkeit der Wüste zum Abglanz der Transzendenz, zu einem Jenseits der vorgefundenen Wirklichkeit, die sie umgab. Die Wüste war nicht länger ein ihnen Entgegengestelltes, sondern ein Ort, der ihnen eigen war. Sie hörten die Wüste in sich, wenn und solange sie schwiegen. Im

Schweigen schenkte sich die Wahrheit. Davon sprachen kluge Köpfe. Kluge Köpfe waren auch diese zehn. Sie hatten sich im Lärm der Welt verloren. In der Wüste waren sie da, aufmerksam, dem Gegenüber zugewandt. Sie hörten zu, jeder sich selbst und einander. Die *Black Boxes* blieben zwar im Kern schwarz und undurchsichtig, und verschluckten jedes zu einer echten Offenbarung nötige Licht, aber sie wurden beim Hören durchlässiger. Und so konnte einer wenigstens einen kleinen Blick in den Kopf des anderen erhaschen. Die Wüstenreise war kein kopfloses Vorhaben. Wer Ohren hat, der höre! Im Hören verbarg sich die Wahrheit. Die Stille der Wüste war voller lebendiger, sprudelnder Worte und regte ihre Sehnsucht.

Lektion 9: Vom Hungern und Dürsten

Vom Hungern und Dürsten

Wer Bilder von der Wüste gesehen hat, von staubtrockenen Böden, endlosen Sandmeeren ohne Schatten, ohne Grün, der assoziiert mit der Wüste auch körperliche Entbehrungen: Wüste bedeutete dann Hunger und Durst. Beides waren Grundbedürfnisse des Menschen, und die Basis für alle anderen Bedürfnisse. Hunger und Durst litt unsere Wüstenwandertruppe nicht. Wer an Selbstverwirklichung dachte, war mit Sicherheit ein satter Mensch. Alle zehn waren sie satt. Satt an Eindrücken, satt an Erlebnissen, satt an Jahren, und ihr Leben hatten sie auch manchmal satt. Hunger leiden mussten sie auf ihrer Wüstentour nicht. Sie hatten, trotz Verlassen-Wollens der eigenen Komfortzone, doch den bestmöglichen Komfort für ihre Wüstentage gebucht. Der Aufenthalt beinhaltete tägliches gemeinsames Frühstück und Abendessen, das sie zusammen mit ihrem Guide und den Nomaden, die sie begleiteten, zubereiteten. Für unterwegs gab es ein kleines Lunchpaket, das sie sich jeden Morgen nach dem Frühstück zusammenpackten. Wasserflaschen waren auch genug da. Für ihr leibliches Wohl war also ausreichend gesorgt. Doch gab es noch eine andere Form von Hunger und Durst, jenseits physischer Bedürfnisse. Eine unstillbare Sehnsucht regte sich in ihnen.

Je tiefer sie in die Wüste vordrangen, desto sehnsüchtiger wurden sie. Das Staunen wurde zum Stöhnen. War man nicht gerade hierhergekommen, um sich aller Gedanken zu entledigen? Endlich einmal frei zu sein von allen Belastungen? Die Wüste forderte heraus, weil sie keinen Raum für Ablenkung bot. Jeder war allein mit sich und seinen diffusen Gedanken und Gefühlen. So lehrte sie die Wüste eine nächste Lektion: sich selbst und die eigenen Gefühle auszuhalten und zu ertragen.

Da war zum Beispiel das unfassbare Gefühl, auf der Suche nach etwas zu sein, ohne zu wissen, was genau man eigentlich suchte. Da war ein Sehnen tief in ihnen, das zu dem Schluss führte, dass die Wüste nicht nur der Ort war, durch den sie zogen. Es gab auch eine Wüste in jedem von ihnen, ein Ort, der neu belebt werden wollte.

„Mich dürstet." Hieß das nicht im übertragenen Sinn: Ich sehne mich?

„Stopp! Trinkpause! Auch wenn ihr vielleicht gerade keinen Durst verspürt, trinkt! Umso mehr ihr trinkt, umso leichter wird auch der Rucksack!"

Wer Durst hat, komme zu mir. Mein Joch ist sanft, meine Last ist leicht. Frisches, lebendiges Wasser, danach verlangt das Herz. Und der Kopf?

„Geht's dir gut? Du bist ziemlich rot! Willst du Traubenzucker?"

Der hitzerote Kopf senkte sich gierig und dankbar über das ihm dargebotene kleine weiße Quadrat Energie.

Die Menschen werden immer depressiver. Sie rauchen mehr, sie trinken mehr, sind potenziell selbstmordgefährdet und desillusioniert, völlig orientierungslos. Waren sie nicht alle süchtig? Sie alle hungerten, sehnten sich nach einem Mehr oder nach einem Weniger, und suchten nach der Erfüllung. Mehr Echtheit, mehr Dasein, mehr Liebe, mehr Schönheit, mehr Wahrheit. Weniger Lügen, weniger Weglaufen, weniger Gleichgültigkeit, weniger Oberflächlichkeit, weniger relativ. Wo suchten sie ihre Erfüllung? Sie alle wollten nicht mehr süchtig sein, nicht mehr auf der Suche. Sie alle waren hier, weil sie ankommen wollten.

All der Dreck von gestern, all die Narben, all die Rechnungen, die viel zu lang offen rumlagen, lass sie los, wirf sie einfach weg, denn es reist sich besser mit leichtem Gepäck.

Lektion 10: Vom Schreien und Ausbrechen

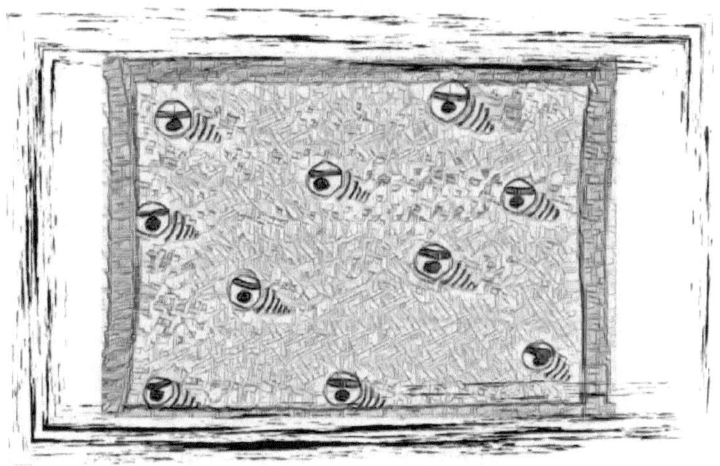

Vom Schreien und Ausbrechen

Sie waren hier in der Wüste, weil sie nach Liebe hungerten. Sie waren der Einladung, wie auch immer sie darauf gestoßen waren, gefolgt. Sie waren ihr in unbekanntes Land gefolgt.

Hoffnung ist da, wo man das Ziel nicht schon erblickt. Denn auf eine Verheißung, die man unmittelbar erfüllt sieht, brauchte man nicht zu hoffen.

Worauf hofften sie? Gab es da etwas, auf das es sich zu hoffen lohnte? Die Sehnsucht trieb sie an. Ein unerfülltes Sehnen und Verlangen.

Weil es in der Wüste so still war, wenn gerade niemand sprach und nur die Geräusche der Wüste selbst die Luft erfüllten, hörten sie ihre Gedanken umso lauter. Zuweilen schrie es in den Köpfen. Und diese Schreie wollten aus den Köpfen ausbrechen. Als Geschäftsleute, die sie waren, waren sie besonders geschäftig darin, sich als solche zu verhalten. Auch in sandigen Shirts, Shorts und Wanderstiefeln, mit von Wind und Sand zerzausten Haaren waren sie noch das, was sie waren. Ein Ausbrechen aus ihrer Selbstbeherrschtheit kam für sie nicht infrage. So blieben die Schreie in den Köpfen zunächst stumm. Das Schreien war eine der schwierigsten Lektionen, die sie die Wüste lehrte.

„Lasst alles raus, was euch beschäftigt, was euch gefangen hält, was euch daran hindert, frei zu sein und der Sehnsucht in euch Raum zu geben!"

Es waren Schreie nach Freiheit mitten im Nirgendwo. Als der erste zaghafte Schrei einen der Köpfe verließ, war das wie ein Dammbruch. Schrei folgte auf Schrei, bis die Wüste erfüllt war von Schreien. Das Geschrei erinnerte an ein befreiendes Klagelied. Sie ließen ihren Gefühlen freien Lauf. In ihren alltäglichen Positionen konnten sie sich keine Gefühlsausbrüche leisten. Doch Gefühle gehörten zum Menschsein dazu. Sie kamen und gingen wie Ebbe und Flut, die anregten, aber nicht beherrschten. Gefühle bestimmten nicht, wer sie waren, was und wie sie dachten.

Der eine schrie, bis er weinte, der andere bekam keinen Ton mehr heraus und bei wieder einem anderen verebbte der Schrei in Lachen. Und weil sie eine Gemeinschaft geworden waren, ahnte der eine, weshalb der andere schrie. Ihre Ketten brachen. Die Fesseln, die sie mit in die Wüste gebracht hatten, lösten sich von Schrei zu Schrei. Und erst jetzt erkannten sie, wie gefangen sie doch in ihrem Leben waren. Dachten sie bisher, sie seien die freiesten Menschen der Welt, weil ihr Land ihnen alle erdenklichen Freiheiten bot und sie quasi nichts zu fürchten hatten, so stellten sie hier in der Wüste fest, dass sie von wirklicher Freiheit bisher nicht viel verstanden hatten.

Hier in der Wüste spielte keine Rolle, wer sie waren, woher sie kamen, welche Hinter- und Vordergründe sie mitbrachten. Sie hatten gemeinsam Klopapier verbrannt und ihre ungewaschenen Körper nebeneinander in sandige Schlafsäcke gebettet. Sie waren einfach Mensch und doch nicht frei. Sie waren gefangen in Süchten, Ängsten, Leidenschaften, gefangen in ihren Rollenbildern. Auch die Wüste befreite sie nicht automatisch von all diesen Ketten. Sie alle fochten ihre Kämpfe aus. Auch hier in der Wüste. Doch hier wurde ihnen zum ersten Mal seit langem bewusst, wofür sie kämpften, und wofür es sich zu kämpfen lohnte.

Über sich selbst hinaus waren sie einander zugewandt, weil sie nicht länger bei sich selbst stehen blieben. Der Schrei des einzelnen verband sich in der Gruppe zu einem Meer an Freiheit. Es war ein Ringen und Atemholen, weil die Freiheit der Wüste ihnen schier die Luft abschnitt.

Lektion 11: Vom Austreten aus der Wüste

Vom Austreten aus der Wüste

Wer Überflüssiges streicht, tritt ein.

Dieses Akronym hatte am Anfang ihrer Reise gestanden. Es war die erste Lektion gewesen, die sie gelernt hatten, eine Lektion, die sie bald radikal physisch, aber auch psychisch erfahren hatten. Die Wüste schenkte ihnen nichts. Sie forderte. Sie forderte radikal heraus. Waren sie in die Wüste eingetreten, alles Überflüssige hinter sich lassend, weil die Wüste kein Zusatzgepäck duldete, so waren sie am Ende ihrer Reise wahrhaft Herausgeforderte. Sie waren aus sich heraus über sich hinausgetreten. Sie hatten das Staunen neu gelernt und gegen ihre Fesseln angeschrien. Sie waren in das Farbenmeer der Wüste eingetaucht. Nun durften sie mit dem Rücken zur Wüste wieder auftauchen und zu sich selbst zurückkehren. Und doch war jeder von ihnen nicht mehr derselbe, der er vor dem Eintritt in die Wüste gewesen war, als sie wieder schweigend hintereinandergehend die Felsen und Dünen und Gräser und Blumen und allerlei Wüstengetier hinter sich ließen.

Die Reihe der Köpfe war von oben betrachtet dieselbe wie zu Beginn ihrer Reise. Doch das stöhnende gebeugte Gehen war trotz mancher Blasen und Blessuren, trotz aller Entbehrungen und Härte einer Erhabenheit gewichen.

Jeder Kopf wusste jetzt, was er wirklich brauchte, um glücklich zu sein. Nicht viel. Erstaunlich wenig. Und das meiste davon kostete keinen Cent. Das hieß nicht, dass aller Leistungs- und Erfolgsgedanke nichts wert war. Leistung und Erfolg waren wichtig in ihrem Leben. So schnell ließen sich Gewohnheiten nicht abschütteln. Aber Leistung und Erfolg sollten nicht länger ihr Leben bestimmen, weil beides wie Schall und Rauch nicht von Dauer war. Nicht immer konnte man Leistung erbringen, nicht immer erfolgreich sein. Auch das Scheitern und Erkennen der eigenen Begrenztheit gehörten dazu. Was also wirklich zählte, um das Leben in Fülle zu haben, waren nicht Leistung und Erfolg. Die Dinge, die sie von nun an leben wollten, waren immaterieller Natur und doch essenziell, allen voran das Ausgerichtet-sein auf ein Du.

Da waren sie radikal herausgefordert. Radikal, weil sie beim Austreten aus der Wüste nur mit Blick auf ihre Wurzeln weitergehen konnten. Manche von ihnen hatten sich vor ihrer Reise durch die Wüste keine Gedanken darüber gemacht, wo sie verwurzelt waren. Die Konfrontation mit dem Anderen, mit dem Fremden führte unweigerlich dazu, sich Gedanken über die eigenen Wurzeln zu machen. So waren sie gefordert, sich in der Entwurzelung der Wüstenzeit wieder neu zu verwurzeln. Die Wüste war ein nahezu wurzelfreier Raum. Nicht nur, weil der Sand kaum Wurzeln festigte und an diesem Ort nur überlebte, was sich an die Trockenheit und die lebensfeindlichen Bedingungen der Wüste angepasst hatte, sondern auch, weil niemand von ihnen hier seine Wurzeln hatte. In der Wüste schlugen sie nur vorübergehend Wurzeln. Was und wer trug sie im Leben und durch das Leben? Wer um seine Wurzeln wusste, konnte weiterwachsen und auch anderen beim Wachsen helfen.

So traten sie mit ein wenig Sand im Getriebe aus der Wüste aus. Jeder stapfte mit dem Gefühl, leichteres Gepäck als beim Eintreten zu schultern, durch die letzten Meter Wüstensand. Verklärt waren ihre Blicke. Die Realität der Wüste würde sie auf ihrem weiteren Weg durchs Leben begleiten.

Lektion 12: Von dem, was von der Wüste bleibt

Von dem, was von der Wüste bleibt

Sie saßen da und schauten. Zehn Köpfe an der Zahl blickten in die Ferne. Ihr Blick war nicht auf die Sanddünen am Horizont gerichtet, sondern auf die Straße, auf der die Jeeps sie beförderten – raus aus der Wüste zurück in die Zivilisation. Kein erstauntes *Oh*, verzücktes *Ohhh* oder fasziniertes *Oooh* war zu vernehmen. Sie waren still in Gedanken versunken, jeder für sich. Der Moment des Austretens war vorbei. Sie hatten erneut eine unsichtbare Grenze überschritten. Doch diese Grenze ließ keinerlei Raum für die Aussprache dessen, was sie innerlich bewegte. Das pure Entzücken, das sie beim ersten Anblick der Wüste empfunden hatten, war jetzt beim letzten Anblick Ernüchterung gewichen. Ihre Blicke waren fest auf die Straße fixiert. Sie kam ihnen vor wie eine Schlange, dünn und schmal, inmitten der Weite der Wüste. Die schlecht geteerte Schotterpiste stand für den Weg, der vor ihnen lag. Erneut lag ein weiter Weg vor ihnen. Dieses Mal aber würde es keine Überraschungen geben. Jeder von ihnen wusste, was ihn zu Hause erwartete. Jeder kannte das Ende der Straße.

Wer überflüssiges streicht, tritt ein. Sie hatten die Zeilen wie ein Mantra zu Beginn der Reise auswendig gelernt. Die Worte hatten sie in den vergangenen Tagen immer wieder begleitet. Jetzt hingegen gab es kein solches Mantra, das ihnen den Austritt erleichterte. Bei der Rückkehr war jeder auf sich alleine gestellt.

SAND im Getriebe war das, was blieb. Die Wüste hatte sie aufgerieben, physisch und psychisch. Sie waren sandig und staubig, und kaum wiederzuerkennen. Der eine sehnte sich nach einer richtigen Toilette, wo das stille Örtchen wieder anders still war als in der Stille der Wüste, der andere nach einer Dusche, nach dem Wasser, das den Sand abwusch. Doch auch mit ausreichend Wasser und Seife würde sich der Sand wohl nicht so schnell abwaschen lassen.

FREIHEIT, ebenfalls großgeschrieben, war das, was blieb. Was bedeutete ihnen Freiheit? Gab es DIE Freiheit überhaupt? Der eine war frei, wenn er das Gefühl hatte, atmen zu können. Der andere, wenn er keine Wände spürte, die ihn erdrückten. Wieder einer, wenn er eine Tätigkeit ausüben konnte, die ihn erfüllte, oder wenn er sich im Kreise der Liebsten geliebt fühlte, weil er einfach sein konnte wie er war. Gab es in Bezug auf Freiheit nur eine Wahrheit? Gab es DIE Wahrheit, die frei machte? Wahrheit macht frei! Nicht weil ich frei bin, bestimme ich, was wahr ist. Oder? DIE Wahrheit, die Ketten brechen ließ, weil sie aus der Suche befreite, alles in sich selbst finden zu müssen, es gab sie, mit Sicherheit, irgendwo da draußen in der

Weite der Wüste, die hinter ihnen lag, aber vielleicht auch in den Köpfen selbst.

Sie dachten nach. Zehn Köpfe glühten. Nicht aufgrund der Wüstenhitze. Und schon bald erschien ihnen der Trip durch die Wüste surreal wie ein Film von Luis Buñuel oder ein Gemälde von Salvador Dalí. Auch da gab es Sand in einer abstrakten Realität und eine ganz eigene Wahrheit. Abrupt endete der Trip, als die Jeeps stoppten. Und sie dachten: Es war die WAHRHEIT der Wüste, die ihnen bleiben würde. Das, was sie an diesem Ort erfahren und erlebt hatten, war wahr gewesen. Die Wüste ist wahr.

"So, ihr Lieben, da wären wir wieder. Ich gratuliere zum Abenteuer! Ihr habt die Wüste bestanden! Und jetzt wünsche ich allen einen guten Wiedereinstieg in den Alltag!" Und an den Beobachter gewandt: „Vergessen Sie die WÜSTE nicht! Wüsten gibt es überall."

*„Der HERR wird dich immer führen, auch im
dürren Land macht er dich satt und stärkt deine
Glieder. Du gleichst einem bewässerten Garten, einer Quelle, deren Wasser nicht trügt. "
Jes. 58,11*

Nachwort der Autorin

Ich hatte die Möglichkeit, mit der Gemeinschaft Emmanuel in die Wüste Jordaniens zu reisen. Dort habe ich die Wüste kennen und lieben gelernt. Ich habe erfahren dürfen, wie reich, aber auch wie unterschiedlich und herausfordernd Wüsten sind: Äußerlich und innerlich.

Wüsten sind die Orte der Gottesbegegnung. Dort, wo der Mensch alleine nichts mehr vermag, weil er völlig blank, ausgeliefert, nackt ist, dort fordert uns Gott heraus, ihm zu folgen.

„Die Wüsten müssen bestanden werden, die Wüsten der Einsamkeit, der Weglosigkeit, der Schwermut, der Sinnlosigkeit, der Preisgegebenheit. Gott, der die Wüste schuf, erschließt auch die Quellen, die sie in fruchtbares Land verwandeln."[1] Das schreibt Alfred Delp als Gefangener. Seine Worte der Hoffnung sind mir in der Wüste begegnet, und begleiten mich noch heute. Auch mein Buch SAND HAT TAUSEND FARBEN[2] lebt von meiner persönlichen Wüstenerfahrung.

Alles kann, wer glaubt.

Nadja Neubauer

---

1 Alfred Delp: Worte der Hoffnung. Echter Verlag, Würzburg 2009. S. 48
2 Erschienen 2023 über BoD – Books on Demand